CONTES POPULAIRES

CONTES POPULAIRES

TRANSCRITS ET RIMÉS

D'APRÈS LA TRADITION FRANÇAISE

PAR

MAURICE BOUCHOR

PARIS
LIBRAIRIE CH. DELAGRAVE
15, RUE SOUFFLOT, 15

A THÉOPHILE *FORFER*

Mon cher ami,

Vous m'avez salué du nom, qui m'est cher, d'instituteur de l'Aisne. J'ai recueilli çà et là, en France, des titres analogues, plus précieux pour moi que n'auraient pu l'être toutes les distinctions officielles. Mais le département où s'exerce votre fraternelle administration est l'un de ceux où j'ai goûté les satisfactions les plus vives. A Laon, à Chauny, à Saint-Quentin, à Château-Thierry, sans parler des villages où j'ai reçu une si affectueuse hospitalité, j'ai appris à connaître les instituteurs, vos amis; avec eux nous avons joyeusement chanté et trinqué, et c'est à eux que je dois d'avoir senti battre le cœur de l'ardente Picardie, de l'aimable et malicieuse Champagne. Je ne vous sépare pas, dans ma pensée, de ces instituteurs, de ces institutrices, parmi lesquels vous m'avez réservé une place, et que j'ai vus si vaillants à l'ouvrage, si heureux de vous faire plaisir. Je pensais tout particulièrement à eux en écrivant ces contes que je vous dédie.

Dans toute notre France enseignante, surtout dans notre France primaire, une tâche de surcroît, aussi urgente que lourde, s'est imposée à tous les hommes, à toutes les femmes de bonne volonté : continuer et, s'il est possible, achever l'œuvre si bien commencée, mais interrompue sitôt, de l'école élémentaire. Qu'une pareille tâche puisse être indéfiniment poursuivie et, en fin de compte, menée à bien, sans aucune aide valable de la République, sans aucun allégement au travail obligatoire, par le seul dévouement des instituteurs, cela est vraiment un paradoxe, et il est à souhaiter que les pouvoirs publics, les élus du pays, comprennent mieux ce qu'ils doivent à l'enseignement populaire : mais, d'une façon ou d'une autre, livrés ou non à nos seules forces, dont on abuse, tous, instituteurs et institutrices, nous continuerons à faire tout ce que nous pourrons pour l'éducation de la démocratie, c'est-à-dire (nos représentants le savent-ils?) pour le triomphe de la raison et de la liberté.

Ce n'est pas une insignifiante partie de cette tâche immense que l'éducation esthétique du peuple, que les soins donnés à la culture et à la récréation de l'esprit par la poésie, le chant, l'image, la lecture publique, le théâtre, lorsqu'il est possible, enfin l'art sous toutes ses formes. C'est à cette partie de notre œuvre commune que j'ai apporté — avec quelle joie, vous le savez — la seule chose qui soit vraiment à moi : ma bonne volonté. Le présent ouvrage est une très modeste contribution à l'effort des maîtres pour composer d'une façon honnête et attrayante le programme de leurs soirées familiales. Le véritable auteur de ces contes — et c'est pourquoi j'en parle librement — est le peuple lui-même; et, quand j'aurai remercié les savants, les chercheurs qui ont scrupuleusement et habilement noté ces récits de la veillée, je n'aurai rien de plus à revendiquer pour moi qu'un petit travail de mise au point.

Je m'expliquerai à ce sujet dans ma préface. Peut-être les instituteurs trouveront-ils à en tirer quelques mots d'introduction à la lecture des contes. En tout cas, il était de mon devoir de rendre à chacun ce qui lui est dû. Les maîtres apprécieront mieux que moi si — comme je le pense — quelques-uns de ces récits pourraient, en totalité ou en partie, être lus à l'école; mais c'est aux soirées populaires qu'ils sont spécialement destinés.

Je serai amplement payé d'une peine d'ailleurs bien légère si vous estimez, mon cher ami, qu'en rimant ces contes d'après la tradition française j'ai fait, à ma façon, œuvre d'instituteur.

MAURICE BOUCHOR.

Paris, janvier 1904.

PRÉFACE

Lorsque Charles Perrault écrivait ses contes immortels, dont les personnages sont restés, pour nous tous, les plus vivants, peut-être, que la littérature française ait créés, il n'inventait rien. Plusieurs années avant que ces contes fussent écrits, La Fontaine disait :

Si Peau-d'Ane m'était conté,
J'y prendrais un plaisir extrême;

et d'innombrables enfants y avaient pris un semblable plaisir, bien longtemps avant que le glorieux Bonhomme donnât lui-même une forme définitive à d'antiques fables, pour la plupart venues de l'Inde, et qui furent mises en circulation voilà vingt ou trente siècles, si ce n'est davantage.

Le rare mérite de Perrault fut d'écrire des contes de nourrices — humble et charmante mythologie populaire, dont la signification primitive était perdue — de façon si naturelle et si simple que l'on pût les prendre pour des histoires vraiment contées au village par quelque bonne mère-grand, ayant le génie de conter. Je n'ai pas besoin de dire tout ce que l'apparente naïveté de Perrault dissimule et parfois laisse apercevoir de finesse, d'art et de malice. Il n'en est pas moins vraisemblable, pour ne pas dire certain, que la tradition populaire lui a donné le ton et bien des traits de ses récits, aussi bien que les sujets eux-mêmes.

L'œuvre de Perrault resta isolée en France, et les littérateurs de son temps n'en comprirent ni l'intérêt ni le mérite. Bien peu d'entre eux, d'ailleurs, rendaient pleine justice à La Fontaine et voyaient en lui ce qu'il fut en effet : le plus grand poète de son siècle. Volontiers j'ajouterais : celui de tous les poètes français qui est le plus assuré de vivre, avec l'auteur inconnu de la *Chanson de Roland* et Victor Hugo[1].

Nos voisins de l'Est, avant nous, comprirent l'intérêt profond de la tradition populaire. Où l'âme d'un peuple s'exprimerait-elle d'une façon plus directe et plus sincère que dans les chansons, les contes, les dictons, qui résument à la fois son art naïf et sa science plus naïve encore, qui expriment ses sentiments, ses rêves, ses désirs, sa vie idéale en même temps que sa vie réelle?

Étranger à la culture des villes et des châteaux, le peuple des campagnes a eu sa littérature, faite par lui ou pour lui, en tout cas devenue sienne, puisque, ne sachant ni lire ni écrire, il l'a fidèlement retenue tout en la remaniant sans cesse et la mettant au point pour qu'elle répondît mieux à l'état présent ou local de son esprit et de son vocabulaire.

Par ses chansons et par ses contes, la tradition populaire offre donc un double intérêt de premier ordre, scientifique et poétique. C'est ce que comprirent, dans la première moitié du dix-neuvième siècle, les frères Grimm en Allemagne, puis bien d'autres, dans les divers pays de l'Europe. La France n'est pas restée étrangère à ce mouvement; et il n'est actuellement aucune de nos provinces où n'ait été faite une ample moisson de chansons et de contes populaires.

L'intérêt scientifique exige que le chercheur donne sa cueillette sans y ajouter des fleurs étrangères au terroir, sans même lier sa gerbe avec un ruban de sa façon. Il doit nous garantir l'authenticité de tout ce qu'il nous apporte comme étant d'origine populaire.

1. Je ne nomme pas Molière, qui vivra autant que la langue française, parce que ce n'est pas comme *poète* qu'il est vraiment grand. — Molière avait, mieux que tous ses contemporains, discerné ce qu'il y a d'impérissable dans l'œuvre de La Fontaine.

L'intérêt poétique est moins exigeant. Sans doute, l'art le plus délicat, le plus savant, n'ajouterait que peu de chose aux chefs-d'œuvre de l'art populaire, qu'il est, par contre, extrêmement facile de gâter par des retouches maladroites. Mais, à condition de ne pas tromper le public sur les origines de l'œuvre présentée, chacun peut, à ses risques et périls, développer, transcrire ou refaire librement tel conte ou telle chanson populaire, comme il aurait le droit de reprendre à sa façon les sujets traités par les plus illustres écrivains.

J'ai usé largement de ce droit en composant le présent volume de contes, ainsi que je l'avais fait en transcrivant des chansons populaires[1].

J'ai eu pour cela plusieurs raisons. Depuis qu'il s'est constitué un peu partout des auditoires populaires, on est en quête de morceaux à dire ou à lire; et, comme notre littérature classique, du seizième siècle jusqu'à nos jours, a été faite un peu trop exclusivement pour des lettrés, on ne trouve pas toujours ce que l'on voudrait. On souhaite que, tout en étant riches de sens, d'émotion, de beauté, les morceaux à dire soient écrits dans une langue simple et claire, expriment des sentiments d'une large humanité et puissent être compris sans connaissances particulières de tel milieu historique ou légendaire. On n'est pas fâché non plus de récréer le public par quelque page pleine d'une honnête gaieté, de verve, de fantaisie ou de malicieuse finesse. Tout cela n'est pas impossible à trouver dans notre littérature, et, pour ne citer que nos deux plus grands poètes, qui sont aussi les plus populaires, il y a beaucoup à prendre chez La Fontaine et chez Victor Hugo. Il faut pourtant chercher ailleurs; et, sans exclure aucune découverte, ni des créations toujours possibles, les contes et les chansons populaires (celles qui sont des récits) m'ont paru être une excellente mine à exploiter. Seulement, pour être dite au lieu d'être chantée, — ce qui n'est pas tou-

1. *Poèmes et Récits* d'après de vieilles chansons de France (Hachette). Cet ouvrage a été publié par les soins de l'Association philotechnique de Paris.

jours possible[1], — une chanson a besoin d'être transcrite; et, d'autre part, la forme versifiée exerce une action dont il serait fâcheux de se priver; ce qui m'a donné l'idée de transcrire en vers un certain nombre de contes.

Je ne crois pas du tout qu'il faille renoncer à lire au public de vrais contes populaires ni à lui chanter de vraies chansons populaires. Une transcription pourra être meilleure[2] ou moins bonne que l'original; ou bien les deux peuvent avoir leur intérêt, d'espèce différente. On pourra choisir une fois pour toutes ou, suivant les cas, faire entendre soit l'original, soit la transcription.

Il faut observer surtout qu'un public ayant passé un petit nombre d'années à l'école primaire, et pour qui l'instruction est chose toute neuve, n'est guère en état de goûter les naïvetés de la poésie populaire. S'il peut l'apprécier, c'est malgré ces naïvetés, tandis que pour les raffinés elles sont un charme de plus et comme un rafraîchissement. L'auditeur peu lettré pourra même sentir une espèce de honte devant les incorrections et les gaucheries trop visibles de cette poésie sortie du peuple, c'est-à-dire de lui-même, de ses pères, de son terroir natal. Une transcription lui épargnera cette gêne, tout en lui conservant une partie au moins de ce qu'il peut aimer — et qui est en effet le meilleur — dans la poésie populaire.

Je dois ajouter, enfin, que, si cette poésie me paraît infiniment précieuse, je l'admire et je l'aime sans superstition. Un excès de naïveté m'amuse parce que je suis fort peu naïf; mais l'espèce de charme qu'il a pour mes pareils ne me paraît pas constituer vraiment une beauté. Il s'en faut de beaucoup, en outre, que toutes les œuvres du génie populaire aient la même valeur. Par exemple, il m'est arrivé de transcrire en poèmes

1. Ce n'est pas toujours possible, faute de chanteurs; et le chant pourrait devenir fastidieux lorsqu'il s'agit d'un long récit en couplets de huit mesures, indéfiniment répétées. L'admirable chanson de *Jean Renaud*, chantée d'un bout à l'autre, semblera presque toujours longue à un auditoire moderne; celle de *Jousseaume* serait impossible à écouter.

2. Disons, si l'on veut, plus commode.

à réciter ces deux chansons : le *Retour du marin* et le *Retour du soldat*[1]. J'ai transcrit la première pour les raisons indiquées ci-dessus ; mais cette chanson est un chef-d'œuvre, et je n'ai jamais eu la prétention de la faire oublier ; je me suis seulement efforcé de ne point trop la gâter. Comme la chanson économise tous les développements, qu'elle se contente de suggérer à l'auditeur imaginatif, j'ai développé dans la mesure où cela m'a semblé utile, mais en me tenant tout près du texte, dont j'ai, le plus souvent possible, reproduit les expressions mêmes. D'ailleurs, toutes les fois que j'en trouve l'occasion, je fais exécuter la chanson populaire, au lieu de réciter mon poème. Au contraire, le *Retour du soldat,* dont le sujet est fort touchant, a très médiocrement inspiré le poète populaire : les détails ont peu d'intérêt, l'un d'eux est choquant, le style est à la fois fade et prétentieux, bien que les naïvetés habituelles ne manquent pas. J'ai donc, ici, pris seulement le sujet de la chanson, et, en toute liberté, j'en ai fait un récit où l'on ne trouvera pas, je crois, un mot du texte primitif. Jamais je n'ai fait exécuter la chanson.

Je pourrais multiplier les exemples ; mais il est temps d'indiquer l'origine des contes que voici. Par la même occasion, je dirai ce que je dois à la tradition et ce que j'ai cru pouvoir y ajouter.

Cinq de nos récits sont des transcriptions de contes populaires ; un seul[2] est imité d'une chanson. Je ne parlerai pas de cette dernière, car je n'en ai plus le texte et j'ai oublié où je l'ai lue[3]. Je peux dire, cependant, que je l'ai suivie d'assez près et que j'y ai pris nombre de détails.

Je donnerai tout à l'heure le nom des érudits qui ont publié

1. *Poèmes et Récits.*
2. La *Fille ressuscitée.*
3. Nombreuses sont les variantes de la chanson où l'on voit une jeune fille enfermée dans une tour par son père, parce qu'elle veut se marier à son goût. Ce qui est plus rare, c'est la résurrection, succédant à une mort feinte, par où se termine si heureusement la version que j'ai préférée.

les cinq contes dont je me suis inspiré, mais je dois dire d'abord qu'ils figurent tous les cinq dans l'excellent choix publié par M. Paul Sébillot sous ce titre : *Contes des provinces de France*[1]. Je recommande ce précieux ouvrage à ceux qui n'ont point le loisir de fouiller dans l'amas déjà considérable de contes populaires recueillis dans nos différentes provinces et actuellement publiés. On trouvera d'ailleurs une bibliographie très complète dans les *Contes des provinces de France*.

La version de la *Flûte qui parle* donnée par M. Sébillot a été recueillie dans le Forez par M. V. Smith et publiée dans le journal *Mélusine*, sous ce titre : *le Roi et ses Trois Fils*. Je me rappelle avoir lu dans mon enfance la même histoire sous une forme un peu différente et en avoir été profondément ému.

J'indiquerai par un exemple le genre de développement qui me paraît s'imposer au transcripteur moderne.

Un roi avait trois fils; il décida que la couronne appartiendrait à celui qui lui apporterait la plus belle fleur. L'aîné apporta une belle fleur; celle du cadet fut plus belle; celle du plus jeune, encore plus belle que les deux autres.

Cela suffit au vieux conteur et à son auditoire populaire ou enfantin, dont l'imagination est très vive, qui a une foi robuste et qui ne s'embarrasse pas de menus détails, pressé qu'il est d'arriver au but. Mais pour moi, moderne (et, je suppose, pour mes auditeurs), il n'en est pas de même. Est-il sûr que la seconde fleur était plus belle que la première, et la troisième plus belle que les deux autres? Comment et pourquoi en a-t-on décidé ainsi? Des divergences de goût n'étaient-elles pas possibles? Pour répondre à ces doutes, je tâcherai de donner à l'une des fleurs (c'est l'essentiel) un caractère d'évidente supériorité sur les deux autres. Chacune des trois aura quelque chose d'exceptionnel et de vaguement symbolique; chacune donnera lieu à un voyage extraordinaire, qui me permettra de

1. Librairie Léopold Cerf, 1884. — M. Sébillot, érudit et poète, a publié, en dehors des contes et légendes populaires qu'il a recueillis en grand nombre, un intéressant volume intitulé : *La Bretagne enchantée*, poésies sur des thèmes populaires (librairie Maisonneuve).

peindre les voyageurs et de montrer entre eux de profondes différences de nature ; et la plus belle des trois fleurs apparaîtra telle sans conteste, après qu'on y aura été préparé par les conditions mêmes où elle sera produite et cherchée...

Tout cela n'a rien de populaire, je l'avoue; c'est de l'art plus réfléchi qu'instinctif; mais, du moment qu'une difficulté se présente à moi, je dois la résoudre honnêtement et de mon mieux. Je dois créer les conditions de vraisemblance qui sont un besoin de mon esprit, même dans le sujet le plus fantastique, et je pense que par là je répondrai mieux à l'attente de mes auditeurs, dont les moins cultivés sont loin d'être aussi naïfs que leurs pères.

Cet exemple suffira pour ce qui concerne les développements. Je dois maintenant expliquer pourquoi j'ai changé le dénouement de la *Flûte qui parle*.

Dans le conte primitif, l'aîné, désespérant d'obtenir la couronne, tue son plus jeune frère, et il l'enterre dans un champ. Plusieurs années après, une bergère, passant par là, trouve un os fait comme une flûte. Approché de ses lèvres, il fait entendre une douce plainte ; présenté au roi, puis à ses fils, il finit par accuser l'aîné du meurtre commis. Le père, comprenant tout, fait tirer son fils à quatre chevaux.

Ce dénouement est tout à fait vraisemblable, je l'avoue ; il est en parfaite harmonie avec le milieu historique où la légende a dû être créée ou propagée. Mais il me paraît beaucoup moins en accord avec la mystérieuse poésie du conte, avec le symbole choisi, avec ce que le récit évoque (pour moi, du moins) de douloureux, de tendre et d'humain.

Souffle doucement, bergère,
Souffle, souffle doucement;
Le couteau de la ceinture
M'a tué cruellement...

Quoi ! cette plainte mélodieuse de l'adolescent moissonné dans sa fleur ne servirait qu'à amener un dénouement sauvage et, une fois de plus, l'application de l'abominable loi du talion?

Lorsque la pitié dont cette plainte est faite se change en remords pour le criminel :

Souffle doucement, mon frère,
Souffle, souffle doucement ;
Le couteau de *ta* ceinture
M'a tué cruellement,

l'âme du meurtrier ne pourra en être pénétrée, renouvelée, rachetée? Et tout le soulagement du malheureux vieillard, privé d'un fils que le doux chant de la flûte nous permet d'entrevoir si tendre, serait de torturer un autre de ses enfants? Il m'a semblé qu'il ne devait pas en être ainsi. Le poète inconnu, tout en concluant comme le voulait la barbarie de son temps[1], me suggérait lui-même un dénouement tout autre : à quoi bon, sans cela, l'invention si délicate de cet os qui parle et se plaint avec tant de douceur? En donnant au récit, comme conclusion, le pardon de la victime, le repentir du meurtrier et la mort paisible du vieillard, je crois avoir achevé la pensée de l'auteur primitif et suivi son inspiration, mieux que si j'avais littéralement transcrit un dénouement brutal, sans portée humaine, et, selon moi, peu en harmonie avec la grâce mystérieuse du symbole imaginé.

J'ai lu la *Flûte qui parle* devant des auditoires nombreux et très divers; bien que ce conte soit un peu long, il a toujours produit une impression très vive. Il est tout à fait à la portée des plus grands enfants de nos écoles primaires[2].

1. Et comme le voudrait, à peu de chose près, la barbarie du nôtre.

2. Si l'on craignait qu'il ne parût trop long (devant quelque auditoire que ce fût), on résumerait, en causant, toute la première partie. — Si l'on jugeait intéressant de comparer le dénouement primitif à celui que j'ai adopté, cette comparaison ne devrait être faite que devant un auditoire habitué à des explications de ce genre, dans une séance n'ayant pas le caractère d'une fête, et surtout *après* la lecture, et non avant. — Je parle de lecture, ce morceau étant très long, et non pas de récitation ; mais il est évident que, si l'on veut produire une vive impression, la lecture doit être très préparée, le texte bien su. *On ne peut agir sur un auditoire qu'en le regardant.*

Les contes aussi émouvants que celui-là sont extrêmement rares dans la tradition populaire de France; je ne sais si même il en existe un second de cette nature. En tous cas, ce que l'on trouve le plus souvent dans nos contes populaires, c'est ou bien l'aventure fantastique, où l'on voit les difficultés les plus terribles merveilleusement surmontées, ou bien le récit malicieux d'où se dégage un conseil de bon sens. Il arrive pourtant que l'on y trouve aussi un accent très humain de compassion ou une sérieuse pensée, qui va loin.

L'*Histoire du père Maugréant* est une variante éminemment française (et, qui plus est, champenoise) d'un thème assez répandu. Il y a dans les contes des frères Grimm une histoire similaire : *l'Ane, la Table et le Bâton*. Bien que le conte allemand soit fort joli, la version française a mes préférences. Sa conclusion — qui condamne le bien-être acquis sans travail — est d'une saine philosophie; mais cette histoire me plaît surtout par la verve malicieuse du conteur populaire. Ce fut un cousin obscur, mais authentique, du bon La Fontaine. J'ai suivi d'aussi près que je l'ai pu[1] le récit admirablement noté par M. Charles Marelle[2].

L'*Histoire du père Maugréant*, de même que les *Demandes* et l'*Histoire du bonhomme Misère*, me semble être le type du conte que l'on peut lire avec succès à tout auditoire, campagnard ou citadin.

Mi-Sœur ouvre devant l'imagination les féeriques perspectives si chères à l'enfance; en même temps, le sentiment y est tendre et délicat. C'est une variante enfantine du conte transcrit par Perrault sous ce titre : *les Fées*. *Mi-Sœur* (ou, plus exactement, *Sœur et Mi-Sœur*) est un conte de Mulhouse, recueilli par Auguste Stœber[3]. Je l'ai suivi de près, tout en le développant, et j'y ai ajouté une fin, car il n'y en a pas dans

1. Avec liberté, cependant, et sans patoiser, car il faut être compris partout.
2. *Contes et Chants populaires français*, dans Herrig's Archiv für das Studium der neueren Sprachen. Braunschweig, 1876.
3. *Elsæssisches Volksbüchlein*, Strasbourg, 1842.

l'original. J'espère que ma transcription n'aura pas trop fait disparaître la charmante bonhomie du récit alsacien.

J'ai lu bien des fois *Mi-Sœur* à des petites filles. C'est un conte fait pour elles.

Les *Demandes* sont de même espèce que l'*Histoire du père Maugréant*. Ici encore, les frères Grimm nous donnent une histoire similaire : *le Pêcheur et sa Femme,* dont la moralité, comme celle des *Demandes,* est qu'il faut savoir se contenter, sinon de peu, au moins d'une honnête aisance. Le conte allemand est un chef-d'œuvre; le conte français aussi. Rien de plus dissemblable, dans la forme, que ces deux variantes d'un même thème. L'une est profondément allemande, déjà romantique dans ses descriptions, et on y trouve toute la hiérarchie féodale (encore si vivante, si oppressive en Allemagne) : le baron, le roi, l'empereur, — avec le pape au sommet[1]. Le conte français n'évoque pas ces brillants personnages; le bon Dieu, qui fait ici l'office de bon génie, n'a rien à voir avec les grands de ce monde, pas plus qu'avec les savantes abstractions des théologiens. Il a plutôt l'aspect d'un bon petit propriétaire campagnard, qui aurait dans quelque coin — sans être plus fier pour ça — une puissance inépuisable. Ce bon Dieu un peu terre à terre ne manque pourtant pas de finesse, et il sait donner à notre Mathurin une jolie leçon de modération.

J'ai suivi du mieux que j'ai pu, tout en la développant, la très savoureuse version recueillie dans le Nivernais par M. Achille Millien[2]. Elle porte ce titre bizarre : *Pourquoué qu'n'on dit que les chavans c'est du monde.* Les *chavans* sont les chats-huants. A la fin du conte populaire, le bon Dieu, irrité par les croissantes exigences du bonhomme que j'ai appelé Mathurin, change l'indiscret et toute sa parenté en chats-huants, qui s'envolent par la cheminée. Les chats-huants (ou

1. La papauté, il est vrai, a cessé d'être la clef de voûte de l'édifice gothique; mais on se demande parfois — devant la puissance du Centre au Reichstag — si elle ne la redeviendra pas.

2. Ce conte était inédit lorsque M. Paul Sébillot l'a inséré dans ses *Contes des provinces de France.*

certains d'entre eux) sont donc d'origine humaine. De là le titre nivernais. J'ai préféré la conclusion du conte allemand, qui remet l'un en face de l'autre, pauvres comme devant, le pêcheur et sa femme, après que, par leur sottise, toutes leurs prospérités se sont évanouies.

L'*Histoire du Bonhomme Misère* est universellement connue; on la retrouverait, je crois, sous des formes diverses, dans tous les pays de l'Europe. La misère a toujours pesé si durement sur nos peuples qu'elle leur est apparue comme une fatalité inéluctable, dont jamais l'homme ne triomphera. Par un court post-scriptum ajouté au récit, on verra que je ne me suis point rallié à cette conclusion désespérante.

M. Sébillot a donné une jolie version de *Misère* recueillie dans la haute Bretagne[1]. J'y ai fait quelques emprunts, tout en m'inspirant d'autres versions, et surtout en traitant ce conte avec une entière liberté. C'est le plus philosophique de la collection; il est de notre époque, hélas! aussi bien que du moyen âge, et je n'ai pas craint d'y mettre, çà et là, un accent assez moderne, sans rompre avec la tradition.

1. *Contes des paysans et des pêcheurs.*

LA FLUTE QUI PARLE

LA FLUTE QUI PARLE

I. — LES TROIS FLEURS

Un bon vieux roi vécut jadis,
Qui chèrement aima ses fils.
Ils étaient trois; et le bon sire
En vérité n'aurait su dire
Qui des trois il aimait le mieux,
Bien que le plus jeune eût les yeux
Pleins de douceur et de tendresse,
Et dans la voix une caresse.

Or, se sentant faiblir, le roi
Les fit approcher tous les trois :
« Il faudra, dit-il, que je donne
A l'un de vous sceptre et couronne,
Quand la Mort me viendra saisir;
Mais entre vous comment choisir?
Je ne saurais, tant je vous aime... »

A ces mots, l'aîné devint blême.
« Ah! se dit-il, j'aurai mon droit;
Bon gré, mal gré, je serai roi. »

Le voyant changer de visage,
Le roi poursuivit : « Folle ou sage,
Enfants, voici ma volonté :
On est au déclin de l'été;
Que chacun parte solitaire,
Qu'il chemine à travers mes terres
Et qu'il me rapporte une fleur.
Nul autre don; mais au meilleur
Se découvrira la plus belle :
Il sera roi. Je vous rappelle
Qu'il faut bien vous aimer toujours.
Soyez revenus à ma cour
Avant que l'on ait mis en tonne
Notre vendange de l'automne.
Allez, mes fils. »

Les jeunes gens
S'en allèrent à travers champs.
Ils s'arrêtèrent sous un chêne;
Et, montrant la forêt prochaine,
L'aîné dit à ses frères : « Moi,
Je m'en vais prendre par les bois.
Séparons-nous. Dans trois semaines
Je vous attendrai sous le chêne. »

Il les salua de la main
Et s'enfonça dans son chemin.

« Que la joie, enfant, t'accompagne!
Je m'en irai vers la montagne,
Dit le cadet; embrassons-nous.
— Moi, dit l'enfant aux yeux si doux,
Je descendrai vers le rivage
Où se brise la mer sauvage. »
Ils s'embrassèrent à l'instant,
Et chacun partit en chantant.

L'autre cheminait en silence
A travers la forêt immense.
Il vit fleurir bien des buissons,
Il entendit bien des chansons,
Il goûta l'eau de bien des sources.
Un soir, épuisé par ses courses,
Il fut au cœur de la forêt,
Qui tout entière murmurait.
Un arbre aux racines sans nombre,
Si grand, si vaste que son ombre
Eût couvert toute une cité,
S'y dressait dans sa majesté.
Comme il admirait l'arbre énorme,
Cherchant à distinguer sa forme,
Soudain, à travers les rameaux
Peuplés d'innombrables oiseaux,

Il aperçut, dans l'ombre verte,
Une large fleur grande ouverte,
Une splendide fleur de sang.
Il la cueillit en frémissant,
Et s'en revint sous les ramures
Pleines de ténébreux murmures.

Le cadet grimpe allègrement
Et disparaît en un moment.
Il quitte les grands pâturages,
Franchit un gouffre avec courage,
Gravit un roc, saute un torrent,
Traverse un beau lac transparent.
Il voit, plus haut que les tempêtes,
Un désert sans arbres ni bêtes,
Sauvage et noir; puis des sommets
Où la neige ne fond jamais,
Où nul oiseau ne peut atteindre.
Il eut grand froid, mais sans se plaindre.
Puis, ayant observé longtemps
La neige des pics éclatants
Qui miroitait de lieue en lieue,
Il découvrit une fleur bleue
Comme le tendre ciel d'avril.
« Tu m'appartiens! » s'écria-t-il.
Alors, s'élançant d'un pied leste,
Il cueillit cette fleur céleste
Et redescendit vers les bois

En bondissant comme un chamois.

Marchant de village en village,
Le plus jeune atteignit la plage
Où tournoyaient de grands oiseaux,
Et plongea sous les sombres eaux.
Il vit les richesses marines;
Il vit des grottes purpurines
D'un rare et merveilleux travail,
De vastes forêts de corail,
Des chambres, faites de coquilles,
Où de malicieuses filles
Chantaient pour lui : « Viens, fils de roi! »
Il fut sans trouble et sans effroi.
Il nageait sous les eaux profondes,
Indifférent aux vierges blondes,
Méprisant perles et trésors,
Lorsqu'il vit une rose d'or
Qui palpitait, légère et fine.
« Sois à moi, dit-il, fleur divine! »
Et, l'étreignant avec amour,
Pâle, il remonta vers le jour.

II. — LE RENDEZ-VOUS

L'aîné songe au pied du grand chêne.
Parfois ses yeux brillent de haine;
Puis il se dresse, fier et beau,
La fleur de pourpre à son chapeau.

Quelqu'un trouble sa rêverie.
Au beau milieu de la prairie
Le cadet chante à pleine voix,
Une fleur bleue entre les doigts.

Ils sont ensemble sous le chêne.
L'aîné, souriant avec peine,
S'émerveille d'un bleu si pur;
Mais le son de sa voix est dur.
L'autre admire la fleur vermeille :
« La voilà, frère, la merveille!
Tu seras, certes, couronné.
Du reste, n'es-tu pas l'aîné?
Moi, je n'ai souci du royaume. »

Paroles douces comme baume
Au frère aîné!

Mais il reprend :
« Le choix peut être différent;
Ta fleur bleue est la grâce même...
Et puis, que sera la troisième? »

Ainsi devisant et rêvant,
Tous les deux attendent l'enfant
Jusqu'à l'heure où le soleil baisse,
Emplissant les cœurs de tristesse.

« Il tarde bien, répond l'aîné.
J'aimerais mieux n'être pas né
Que de revenir sans mon frère;
C'est lui, vois-tu, que l'on préfère..
Mais le roi doit être en souci :
Va le trouver; j'attends ici. »

L'autre s'éloigne; mais à peine
Il a disparu de la plaine,
Que l'aîné voit venir à lui
L'enfant au rire épanoui.
Il a piqué sur sa poitrine
La radieuse fleur marine
Qui, dans le sentier presque noir,
Luit comme l'étoile du soir.
L'aîné, frémissant de colère,
Crie : « Est-ce toi? »

La rose claire
Brille de plus en plus...

« C'est moi! »

Alors le méchant fils du roi,
Voyant que sa fleur est vaincue,
Prend une large pierre aiguë,
Se précipite sur l'enfant,
Le frappe avec rage, et l'étend
Mort à ses pieds. Puis il l'enterre
Dans un coin du champ solitaire.

Les gens du roi, le lendemain,
Par les routes et les chemins,
Les forêts, les champs et les grèves
Galopaient comme dans un rêve :
Ils cherchaient l'enfant ingénu
Qui, seul, n'était pas revenu.
Par les genêts et les bruyères,
Dans les étangs et les rivières,
Dans les grottes et les ravins
Ils le cherchèrent, mais en vain...

Le roi, dans sa douleur amère,
Dit : « Je porte envie à sa mère,
Qui sommeille dans le tombeau! »
Il repoussa le vin nouveau

Qu'il avait coutume de boire;
Et, dans sa chambre close et noire,
Il répandit, silencieux,
Toutes les larmes de ses yeux.

III. — LA FLUTE

Les jours, les mois et les années,
Dispersant les feuilles fanées,
Emportant la neige et les fleurs,
Passèrent sans tarir ses pleurs.

Or, en filant sa quenouillette,
Un beau matin, une fillette
Parcourait avec son troupeau
Le champ du meurtre, où, pâle et beau,
L'innocent tué par son frère
Fut couché sous la froide terre.
Le petit pied nu de l'enfant
Heurte soudain contre un os blanc :
Elle tressaille, elle s'arrête,
Le ramasse, et, hochant la tête,
Admire son étrange éclat.
Il était mince et délicat,
Et tel qu'une flûte légère
Faite aux lèvres d'une bergère.
Elle y mit sa bouche, et voilà
Que cette flûte lui parla :

« Bergère, dit-elle, bergère,

Souffle, souffle bien doucement;
Avec le tranchant d'une pierre
On m'a tué cruellement. »

L'os délicat, si blanc, si mince,
La fait penser au jeune prince,
A ce pauvre enfant disparu :
Au château, vite, elle a couru.
« Je crois que cette flûte, Sire,
Aurait quelque chose à vous dire :
Prenez-la, Sire; écoutez-la! »
Le roi prit la flûte et souffla :

« Mon père, dit-elle, mon père,
Souffle, souffle bien doucement;
Avec le tranchant d'une pierre
On m'a tué cruellement. »

Le vieillard s'affaissa tout blême.
« Je l'entends! dit-il; c'est lui-même!
Ah! mon enfant, mon pauvre enfant! »
Et puis, les sanglots l'étouffant,
Il pleura longtemps en silence...

Il reprit : « J'en aurai vengeance;
Car le sang que j'entends crier
Dira le nom du meurtrier! »
Mais la flûte plaintive et tendre

Sous ses lèvres ne fit entendre
Qu'un chant de tristesse et d'amour.

Le cadet la prit à son tour :

« Mon frère, dit-elle, mon frère,
Souffle, souffle bien doucement;
Avec le tranchant d'une pierre
On m'a tué cruellement. »

Caché dans un coin de la chambre,
L'aîné tremblait de tous ses membres.
« Essaye aussi », dit le vieillard.
Il obéit, pâle et hagard,
Et la flûte lui dit :

« Mon frère,
Souffle, souffle bien doucement;
Avec le tranchant d'une pierre... »

Elle acheva si bas, si bas,
Que le roi ne l'entendit pas.

Il regarde le misérable;
Et sur sa barbe vénérable
Sa main frémit...

« Non! dit-il; non! »
Il écarte l'affreux soupçon;

Puis il reprend d'une voix sombre :
« Un moribond, un souffle, une ombre,
Ne commande point l'avenir ;
Mais je ne veux pas m'endormir
Du calme sommeil de la terre,
Tant que je n'aurai pas fait taire
L'infatigable cri du sang
Et vengé mon fils innocent!
M'entendez-vous, grands du royaume,
Et vous qui dormez sous le chaume?
Trouvez et livrez-moi vivant
Le meurtrier de mon enfant,
Pour que, la justice accomplie,
Je meure en paix, et que j'oublie! »

IV. — L'AVEU

Depuis ce jour, dans le pays,
Les amis fuyaient les amis,
Le frère soupçonnait son frère,
Le fils avait peur de son père;
Les vieillards songeaient désolés,
Et tous les cœurs étaient troublés.

Or, traînant le poids de son crime,
Le meurtrier, que la victime
Poursuivait de sa tendre voix,
Cherchait, un jour, l'ombre des bois;
Et, comme une source d'eau vive
Sous terre invisible et captive,
Le repentir, à ce moment,
Murmurait en lui sourdement.
« Mais, se disait le misérable,
J'ai fait un crime irréparable :
Comment pourrais-je l'effacer?
Mieux vaut, certes, n'y plus penser,
Ou, tiré par deux grosses pierres,
Descendre au fond de la rivière. »

Soudain il entendit la voix,
La voix si douce d'autrefois :

« Mon frère, dit-elle, mon frère,
Tu m'as tué cruellement;
Pour rendre la paix à la terre,
Accepte enfin ton châtiment. »

Alors la source intérieure,
La source qui chante et qui pleure,
Et qui console par son chant,
Jaillit dans le cœur du méchant :
Il comprit ce qu'il devait faire,
Et s'en alla trouver son père.

Assis près de son fils cadet,
Le pâle vieillard regardait,
Par la fenêtre grande ouverte,
La campagne triste et déserte.
Brusquement il s'est retourné.
Il aperçoit son fils aîné
Qui s'agenouille, tête basse,
Comme un homme implorant sa grâce.

Le roi se lève, épouvanté;
Car la terrible vérité,

Sans qu'il puisse la mettre en doute,
Est devant lui...

« Mon père, écoute!
Je ne dirai pas : Sois clément.
Je viens pour que le châtiment
Sur ma tête s'appesantisse.
Le crime est fait : toi, fais justice! »

Le grand vieillard a chancelé.
Un moment il reste accablé;
Puis le sang lui monte au visage;
Il jette une clameur sauvage :

« Je te ferai broyer les os!
Fouler aux pieds de mes chevaux!
On inventera des supplices!

— Que ta volonté s'accomplisse, »
Dit le coupable, sans bouger.

Un murmure doux et léger
Dans l'air, à ce moment, s'élève;
Chacun se demande s'il rêve;
Et voici qu'une chère voix
Soupire à l'oreille du roi :

« Mon père, dit-elle, mon père,
Le sang a fini de crier.

Oh! pardonne, — c'est ma prière, —
Au repentir du meurtrier! »

Le vieillard tombe sur un siège.
Le long de sa barbe de neige
Les pleurs ne cessent de couler;
Tout son corps s'est mis à trembler.
Il reprend d'une voix très basse :
« Que disions-nous? Ma tête est lasse.
Il faut que je vous quitte, enfants.
Je vais rejoindre les absents,
Votre mère, qui fut si bonne,
Et le bien-aimé qui pardonne...
Ah! je sens bien que je faiblis.
Soutenez-moi jusqu'à mon lit. »

Ensuite, étendu sur sa couche :
« Approchez, dit-il, de ma bouche
Cette flûte que j'aime tant.
Je veux mourir en l'écoutant. »
Et la flûte lui dit :

« Mon père,
Souffle, souffle bien doucement.
Je bénis ton heure dernière :
Père, endors-toi paisiblement. »

Alors le vieillard rendit l'âme

Et fut pleuré.

« Mon crime infâme
M'interdit le sceptre à jamais :
Porte-le seul, toi que j'aimais...
— C'est l'aîné qui parle à son frère. —
Je veux aller vers d'autres terres.
J'irai pieds nus ; sur le chemin
Je gagnerai mon humble pain
A la sueur de mon visage :
J'en veux faire l'apprentissage.
Si l'on me donne un peu d'argent,
Ce sera pour les pauvres gens
A qui manque force ou jeunesse.
Ainsi, garde mon droit d'aînesse. »

Aussitôt qu'il fut couronné,
Le cadet conduisit l'aîné
Jusqu'aux limites de ses terres.
Là, s'embrassant, ils se quittèrent,
Et le voyageur résolu
Disparut et ne revint plus.

HISTOIRE DU PÈRE MAUGRÉANT

HISTOIRE DU PÈRE MAUGRÉANT

Dans le plat pays champenois
Un homme vivait autrefois,
Si malchanceux qu'il ne fut guère,
En son temps, de plus pauvre hère.
Hélas! je dois faire un aveu :
Travailler lui souriait peu.
Par exemple, il aimait à boire!
Avec cela, suivant l'histoire,
Il avait presque autant d'enfants
Qu'on voit de pierres dans les champs.
Comme il ne cessait de se plaindre,
De gémir, de grogner, de geindre,
On disait en l'apercevant :
« Bon, c'est le père Maugréant! »

Un matin, las de sa misère,
Il s'en alla trouver saint Pierre,
Qui recevait, tous les jeudis,
A la porte du paradis.

« Grand saint Pierre, dit le bonhomme,
C'est Maugréant que l'on me nomme.
J'ai quasi presque autant d'enfants
Qu'on voit de pierres dans les champs...
— Ho! ho! c'est beaucoup, dit l'apôtre,
Et vous me prenez pour un autre.
Combien en avez-vous? — Combien?
Ah! dame, je n'en sais trop rien;
Le chagrin m'ôte la mémoire.
Mais, pour que vous puissiez me croire,
Je jure... — Non, non! pas ici!
Jurer, bonhomme? Eh bien, merci!
Ça ferait une belle affaire.
Attendez-moi. »

Le bon saint Pierre
S'éloigne et revient sans tarder.
« Tenez, ceci peut vous aider.
— Ce panier-là? — Je vous le donne;
Mais ne le prêtez à personne.
Dites ceci : *Petit panier,*
Petit panier, fais ton métier.
Et vous m'en direz des nouvelles...
Je crois que le Seigneur m'appelle.
Allons, bonjour. »

Le Champenois
Tourne et retourne entre ses doigts
Un vieux panier très ordinaire.

« Ah!... si vous voulez, dit saint Pierre,
Qu'il se repose, dites-lui :
Suffit, suffit pour aujourd'hui.
Surtout, mon ami, bouche close!
Ne tambourinez pas la chose.
(J'y vais, j'y vais, Seigneur Jésus.)
Adieu, bonhomme. »

Et, là-dessus,
Comme il n'y va pas de main morte,
Saint Pierre fit claquer la porte
Au nez du père Maugréant.

Le bonhomme, assez méfiant,
Grillait pourtant d'impatience
D'essayer — pour voir — sa puissance.
« *Petit panier, petit panier,*
S'écria-t-il, *fais ton métier!* »

Soudain, comme les eaux profondes
Quand le vent soulève leurs ondes,
Il vit s'enfler et bouillonner,
Grouiller, rouler, tourbillonner,
Hors du panier, sur la grand'route,
Pains mollets à la blonde croûte,
Et, sur des plats, jolis poissons
Cuisinés de maintes façons,

Poissons de mer et de rivière
En sauce brune ou sauce claire,
Fritures d'or et courts-bouillons
De carpillons, de barbillons,
Turbans de filets sans arêtes,
Matelotes et vinaigrettes...

Il en sortait toujours, toujours,
Et le vieux criait : « Au secours! »
Car il voyait, plein d'épouvante,
Ce flot de cuisine savante
Déjà tout prêt à l'entraîner.
Il perdait pied dans son dîner.
Sa vieille mémoire incertaine
Enfin retrouva, non sans peine :
Suffit, suffit pour aujourd'hui.
Ce fut la fin de son ennui.

« Petit panier, sac à malice,
Fit le bonhomme avec délice,
Je me sens tout ragaillardi!
Je vois que dans le paradis
Saint Pierre aime toujours la pêche.
Notre curé, quand il nous prêche,
Raconte aussi, je m'en souviens,
Une histoire de petits pains
Et de poissons... Mais pourquoi diantre,
Au lieu de me farcir le ventre,

M'en tenir au régal des yeux?
Goûtons de tout : ça vaudra mieux. »

Brochet, saumon, anguille, truite,
Mirent son appétit en fuite.
« Ah çà, c'est tout ce que je bois?
Dit tout à coup le Champenois.
C'est malsain de manger sans boire.
J'ai bien travaillé des mâchoires :
Faisons glisser ce bon repas. »

Justement, à quinze ou vingt pas,
L'invitant à quelque ripaille,
Apparut le bouchon de paille
De son cabaret préféré.
Aussitôt qu'il y fut entré :
« Servez-nous donc, la grosse mère,
De votre meilleur et deux verres, »
Dit-il, avec un air d'orgueil
Et de malicieux clins d'œil
Au cabaretier, son compère.
« Ha! ha! mes enfants, bonne affaire!
J'ai du poissson pour tous les goûts :
Prenez, mangez, régalez-vous.
Tenez : il suffit que je dise...
Mais, seulement, pas de bêtise,
Ajouta le fin Champenois :
Ne criez pas ça sur les toits.

— On est discret, fit la patronne.
— Vous ne direz rien à personne?
Eh bien, alors : *Petit panier,*
Petit panier, fais ton métier! »

Un torrent de mets délectables
Envahit aussitôt les tables,
Les bancs, les chaises, le plancher.
N'osant pas, d'abord, y toucher,
Malgré leur âpre convoitise,
L'hôte et sa femme, de surprise,
Écarquillaient des yeux tout ronds,
Larges comme des potirons.
L'autre criait : « Faites bombance!
Quand c'est fini, ça recommence.
J'ai pris tout ça dans mes filets! »
Et, tandis que le vieux sifflait
A leur santé verre sur verre,
Vous auriez vu la grosse mère
Voltiger partout à la fois
Comme un leste écureuil des bois,
Pour empiler la proie entière
Dans les plats, les brocs, les soupières,
Voire la huche et le fruitier,
Pendant que le cabaretier,
Comme il en pleuvait de plus belle,
Prenait les poissons à la pelle.

Enfin le déluge cessa.
« Mon homme, un panier comme ça
Ferait joliment notre affaire »,
Dit à voix basse la commère.
L'aubergiste était un malin :
Bientôt le bonhomme fut plein,
Je dis plein comme une... barrique.
Un formidable coup de trique
Sur son vieux crâne déplumé
Ne l'aurait pas mieux assommé
Que le joli vin de son hôte.
Voyant sa vigilance en faute,
Cet honnête cabaretier
Arracha le petit panier
Au dormeur, qui fit la grimace,
Puis en mit un autre à la place,
Presque aussi vieux et tout pareil.

L'histoire dit qu'à son réveil
Le bonhomme eut la tête lourde.
Midi sonnait. Les jambes gourdes,
Il s'en alla tout droit chez lui.
« On va s'en payer aujourd'hui!
Cria-t-il à sa ménagère;
Tu peux remporter la soupière.
Allons, debout, petits et grands,
Ribambelle de Maugréants!
J'ai de quoi traiter une ville,

Plus qu'avec des cent et des mille.
Dites bien tous : *Petit panier,*
Petit panier, fais ton métier;
Et vous verrez ce qui se passe. »

Voix de crécelle et voix de basse,
Voix de filles et de garçons,
Dirent vingt fois même chanson :
Rien ne sortit. « Çà, dit le père,
C'est un peu fort! » Et, de colère,
Il maugréait en répétant :
« Ça sent bien le poisson, pourtant!
— Tu deviens fou, lui dit la mère.
Petit panier, la chose est claire,
N'a jamais su d'autre métier
Que de rester petit panier. »

Une heure après, devant saint Pierre
Le bonhomme pleurait misère :
« J'ai quasi presque autant d'enfants...
— Qu'on voit de pierres dans les champs,
Acheva l'apôtre. C'est grave.
Mais que réclamez-vous, mon brave?
Je vous ai donné, ce matin,
Ou j'y veux perdre mon latin!
— Grand saint, reprit le pauvre hère,
On a beau dire, on a beau faire,
Le panier ne veut plus marcher.

— Qu'est-ce qui peut l'en empêcher?
Fit saint Pierre avec un sourire.
Voyons : vous n'aurez pas su dire
Exactement tout ce qu'il faut?
— Peut-être bien. — Mais j'ai là-haut
Certain vieux coq au noir plumage,
Dont vous aimerez le ramage.
Je suis à vous dans un instant. »

L'autre attendit en maugréant.
« Un vieux coq noir? Belle trouvaille!
C'est-il par hasard la volaille
Qui l'entendit jurer trois fois...
Bon! le voici. — Baissez la voix,
Dit saint Pierre; on peut vous entendre.
Tenez : ce coq n'est pas bien tendre,
Étant presque aussi vieux que moi;
Je l'ai gardé, Dieu sait pourquoi...
Mais dites-lui : *Coq de saint Pierre,*
Montre un peu ce que tu sais faire;
J'y perds mon nom, s'il ne vous plaît
Autant que le plus fin poulet.
Ah!... gardez pour vous cette aubaine :
On n'en fait pas à la douzaine,
De ces coqs-là. C'est bien compris?
La parole est chose de prix;
Il faut donc en être économe.
— C'est entendu, fit le bonhomme.

Je ne suis pas si bête, allez,
Comme je suis mal habillé.
— C'est bon, c'est bon ; de la prudence! »

Mon Champenois, par malechance,
Passa devant le cabaret.
Il entra d'un air guilleret
Et, posant son coq sur la table,
Dit avec un gros rire aimable :
« Ça, c'est mon coq ; il est vilain,
Mais pas autant qu'il est malin.
— Comment? fit la cabaretière.
— Promettez-vous, la grosse mère,
De garder le secret pour vous,
Crainte de faire des jaloux?
— Bien sûr. — Alors... *Coq de saint Pierre,*
Montre un peu ce que tu sais faire! »
Aussitôt le coq se dressa
Comme pour chanter, et laissa
Tomber de son bec une pluie
Dont l'hôtesse fut éblouie,
Et son homme pareillement ;
Car ce n'était que diamants,
Saphirs, perles fines, turquoises,
Grains d'or gros comme des framboises...

Tandis qu'ils restaient ébaubis,
Le vieux empochait ses rubis,

Ses perles, son or et le reste,
Tout en les écartant du geste.
« Eh bien, dit-il, qu'en pensez-vous? »
La grosse mère et son époux,
Louchant du côté de la table,
Pensèrent qu'un vieux coq semblable
S'ennuyait dans leur poulailler.
L'autre se mit à babiller
Comme une pie : on lui fit boire
Une bouteille par histoire;
Bref, quand il quitta ses amis,
Non sans avoir un peu dormi,
Ses poches ne lui pesaient guère.
Quant au présent du bon saint Pierre,
Le pauvre homme croyait l'avoir.

Il rentra chez lui vers le soir.
« Pour le coup, ma vieille, on est riche!
Voici de quoi beurrer ta miche, »
Dit-il en brandissant son coq,
Sans même soupçonner le troc.
« Vous direz tous : *Coq de saint Pierre,*
Montre un peu ce que tu sais faire ;
Et vous n'aurez plus de souci. »

Les Maugréants, cette fois-ci,
N'avaient pas trop de confiance;
Pourtant, laissant là leur pitance,

Ils entourèrent le coq noir
Que tenait le vieux, et, pour voir,
Prononcèrent les mots magiques.
Triste effet de cette musique!
Le coq du père Maugréant
S'enfuit sous la table en criant,
Mais sans jeter — on le devine —
Ni diamant ni perle fine.

Le bonhomme en resta quinaud.
« Ça, dit-il, c'est trop fort! Il faut
Que j'aie oublié quelque chose.
Je n'en sais rien; je le suppose.
Quelle caboche de malheur!
Satané coq! brigand! voleur! »

Vite, il empoigne sa volaille,
Qui bat des ailes, crie et piaille,
Il la fourre dans son panier,
Prend sa course comme un pompier
Qui s'en revient manger la soupe,
Coupe à travers champs et recoupe,
Frappe enfin de grands coups hardis
A la porte du paradis.
C'était l'instant où dans la brume
La première étoile s'allume.

« Toc, toc, faisait-il, toc, toc, toc!

Je vous rapporte votre coq!
— Eh bien, quoi donc? c'est le tonnerre ? »
Dit à la fin le bon saint Pierre,
Qui passa le bout de son nez,
Suivi par deux yeux étonnés.
« Comment! c'est encor vous, bonhomme?
Je commençais à faire un somme.
Seriez-vous ivre, par hasard,
Pour frapper si fort... et si tard?
— Pardon, grand saint, et mille excuses;
Votre coq est si plein de ruses
Qu'il me donne autant de tourment
Que le panier. — Comment? comment?
Vous n'allez pas me faire accroire
Que cette bête à plume noire
Est mon coq, et ça, mon panier?
Je ne voudrais pas renier
Des amis (oh ! non); mais sans doute
On vous les a changés en route.
— Changés? dit le vieux. Mais alors... »

Trop tard il comprenait ses torts.
« Ah! le gredin! ah! la sorcière!
— Mon bon ami, reprit saint Pierre,
Je vous avais dit cependant
D'être discret, sage et prudent.
Mais, quant à moi, je vous pardonne.
Pour vous consoler, je vous donne

(Oh! peu de chose, presque rien)
Ce petit sac... Gardez-le bien.
S'il vous fallait une baguette...
Oui, pour battre votre jaquette
Ou même celle d'un ami,
Mais là, sans le faire à demi,
Sans laisser un grain de poussière,
Vous n'auriez qu'à dire — et saint Pierre
Sourit d'un air malin : — *Flic! flac!*
Allons, baguette, hors du sac! »
Là-dessus il ferma la porte.

« Je veux que le diable m'emporte
Si je vous manque, mes filous,
Dit le bonhomme. Gare à vous! »

« Bonsoir, dit-il, la grosse mère.
Ce coq ne fait plus mon affaire;
Faites-le-moi rôtir un peu.
Vous pouvez allumer le feu,
Pour que ça pétille plus vite,
Avec ce panier... Je m'invite,
Pas à boire, mais à manger.
Tâchez de ne pas me changer
Mon vieux coq pour une poulette!
Faites sauter une omelette
En attendant, et soignez-la;
Puis vous verrez ce que j'ai là .»

Il riait dans sa barbe grise.
L'hôtesse était un peu surprise,
Et son homme ouvrait de gros yeux.
Il voulut endormir le vieux ;
Toute sa peine fut perdue.
La volaille, fort peu dodue,
Fut mâchée en silence. Enfin,
Après avoir calmé sa faim :
« Maintenant il faut qu'on s'explique,
Dit le vieux d'un ton sans réplique :
Je veux mon coq et mon panier.
— Comment! dit le cabaretier,
Qui d'écarlate devint blême;
Mais vous venez à l'instant même...
— Ah! ça n'est pas compris? *Flic! Flac!*
Allons, baguette, hors du sac!
Voyons si j'aurai ma revanche. »

Une fine baguette blanche
Jaillit du sac comme un éclair
Et se mit à siffler dans l'air,
Cinglant le drôle et sa femelle
Et le bonhomme, pêle-mêle
(Car elle ne l'épargnait pas),
A droite, à gauche, en haut, en bas,
Et par devant et par derrière.
Le gros coquin, la grosse mère,

Cognaient le père Maugréant,
Et tous les trois, hurlant, beuglant,
N'en pouvant plus, tout hors d'haleine,
Sautaient comme flocons de laine
Quand vous cardez un matelas.
Ils tâchaient de se faire plats,
Se collant contre les murailles.
« Grâce ! disaient les deux canailles;
Nous rendrons tout! arrêtez-la !
Aïe, aïe! assez! holà! holà! »
Le bonhomme criait : « Arrête!
Mais elle n'en fait qu'à sa tête.
Baguette au diable! aïe, aïe, assez! »

Tous les trois fussent trépassés
Si tout à coup le bon saint Pierre,
Avec la paix et la lumière,
Ne fût entré, disant : « *Flic! flac!*
Allons, baguette, vite au sac! »

Ayant fait rendre gorge à l'hôte,
Il reprit tout; puis, à voix haute,
Il dit ces mots : « En vérité,
Le châtiment fut mérité.
Vous, d'abord, mon gracieux couple,
Que la baguette a rendu souple,
Si vous faites de pareils tours,
Gare la corde un de ces jours!

Vous vous engraissez de misères;
Vous écorchez les pauvres hères,
Vous les saignez, vous les salez;
Cela suffit sans les voler.
Quant à toi, poursuivit saint Pierre
En se faisant plus débonnaire,
Quant à toi, père Maugréant,
Qui possèdes autant d'enfants,
Dis-tu, que les champs ont de pierres,
Tu soignes bien mal tes affaires.
Change de méthode. Tu veux
Des miracles, mon pauvre vieux?
Fais-les toi-même. Allons, travaille,
Sois plus sobre, et, vaille que vaille,
Ta besogne te nourrira.
Aide-toi : le Ciel t'aidera! »

MI-SŒUR

MI-SŒUR

CONTE POUR LES PETITES FILLES

Certaine veuve jaune et sèche,
Vrai modèle de pie-grièche,
Eut, dit-on, pour deuxième époux
Un veuf replet, tranquille et doux,
Qui vidait lestement son verre,
Mangeait, dormait, et laissait faire.
Nous ne parlerons aujourd'hui
Que de sa femme, et non de lui.

Chacun d'eux avait une fille.
Celle du veuf était gentille,
Avec de beaux yeux purs et clairs,
Un joli petit nez en l'air
Et le plus gracieux sourire.
L'autre, il vaudrait mieux n'en rien dire.
Quand la mignonne, avec douceur,

Lui disait : « Viens, petite sœur...
— Ta sœur, moi? Qu'est-ce que tu chantes? »
Lui répondait cette méchante.
L'humble fillette, ayant gros cœur,
Reprenait : « Sois ma demi-sœur,
Si tu n'es pas ma sœur entière. »
L'autre, alors, passait toute fière,
Et sur un petit ton moqueur
Disait de loin : « Adieu, mi-sœur. »
Si bien que la mignonne fille,
Seule au milieu de sa famille,
N'eut d'autre nom que celui-là :
Ce fut Mi-Sœur qu'on l'appela.

Par une claire matinée
Où la pauvrette, abandonnée,
Filait sa quenouille de lin
Auprès du puits, dans le jardin,
Un oiseau, dans son nid de mousse,
Gazouilla d'une voix si douce
Qu'elle ouvrit des yeux étonnés,
Leva son joli petit nez
En s'écriant : « Est-il possible? »
Sourit au chanteur invisible...
Et laissa tomber son fuseau
Dans le grand puits, au fond de l'eau.

Ah! quel malheur! Et la marâtre,

Chaque jour plus acariâtre,
Qui la surveillait de là-haut!
Hélas! elle accourt aussitôt,
Si furieuse qu'elle en siffle.
« Tiens, gueuse! tiens! » Gifle sur gifle
Et coup de pied sur coup de poing...
« Grâce! grâce! » Elle n'entend point,
Et, d'une main qui se fait lourde,
Frappe toujours comme une sourde.

La pauvrette, quand ce fut tout,
Surprise d'être encor debout,
Essuya ses beaux yeux candides.
L'eau du puits était fort limpide;
Et, pour voir le fond, à mi-corps
Elle se penchait sur le bord,
Quand tout à coup la belle-mère,
En la poussant avec colère,
La fit tomber au fond de l'eau...

Mi-Sœur ne vit pas son fuseau.
Elle vit un jardin superbe,
Des papillons, des fleurs dans l'herbe,
De beaux arbres couverts de fruits.
« C'est bien joli, le fond du puits;
Je ne l'aurais pas cru », dit-elle,
Tout en repleurant de plus belle.

Tandis que, sans toucher aux fleurs,

Elle cheminait tout en pleurs,
En la voyant triste et seulette,
Un vieux poirier lui dit : « Fillette,
Pourquoi donc pleures-tu si fort? »
L'enfant eut peur, bien peur, d'abord;
Puis elle dit, tout oppressée :
« Petite mère m'a poussée,
Oui, m'a poussée au fond du puits,
O malheureuse que je suis ! »
Le poirier fit un doux murmure;
Et, secouant ses poires mûres :
« Étends, dit-il, ton tablier. »
Elle obéit au vieux poirier
Et reçut, n'osant pas y croire,
Quatre ou cinq des plus belles poires.
« Merci, bon poirier, » dit l'enfant,
Qui s'en alla toujours pleurant.

En la voyant si gentillette,
Un vieux prunier lui dit : « Fillette,
Pourquoi donc ce visage en pleurs? »
L'enfant, cette fois, eut moins peur.
« Oh! dit-elle, tout oppressée,
Petite mère m'a poussée
Au fond du puits; je n'ai pas tort,
Voyez-vous, de pleurer si fort. »
De son feuillage, avec tendresse,
L'arbre lui fit une caresse :

« Étends, dit-il, ton tablier. »
Elle obéit au vieux prunier
Et reçut de lui quelques-unes
De ses plus savoureuses prunes.
« Merci, bon prunier », dit l'enfant,
Qui s'en alla toujours pleurant.

D'autres arbres firent de même.
« Ah! se dit-elle, ici l'on m'aime; »
Et ses larmes coulaient toujours.

Un château d'or, avec des tours
De la plus fine orfèvrerie,
Se dressait dans une prairie.
Elle approcha : « Dieu, que c'est beau!
Mais qui donc garde ce château?
Je ne vois ni valet ni maître. »
Enfin parut à la fenêtre
Une madame aux grands yeux noirs,
Qui demandait à son miroir
Si le vent l'avait décoiffée.
Vous auriez juré d'une fée.
Soudain elle aperçut l'enfant :
« Eh! d'où vient que tu pleures tant,
Petite fille? lui dit-elle.
Ta douleur est donc bien cruelle? »
L'enfant n'eut pas la moindre peur;
Mais elle avait toujours gros cœur.

« Oh! dit-elle, tout oppressée,
Petite mère m'a poussée
Au fond du puits, pour presque rien.
Ai-je tort d'avoir du chagrin? »

La dame eut un sourire aimable :
« C'est l'heure de se mettre à table.
Eh bien, fillette, sais-tu quoi?
Je t'invite à dîner chez moi.
Veux-tu manger, petite femme,
Avec monsieur, avec madame?
Mangerais-tu tout aussi bien
Avec le chat, avec le chien?
— Oh! madame, dit la mignonne,
Je ne voudrais gêner personne.
Le dîner du chien et du chat,
Pour moi c'est assez délicat. »

La dame vient jusqu'à la porte,
Embrasse Mi-Sœur et l'emporte.
« Eh bien! dit-elle, justement
Tu dîneras, gentille enfant,
Avec le maître et la maîtresse.
Viens : ton histoire m'intéresse. »

La fillette, ouvrant de grands yeux
Entre la dame et le monsieur,
Est traitée ainsi qu'une reine,

Jase comme avec sa marraine
Si jamais elle en avait eu,
Savoure à bouche que veux-tu
Petits pâtés et friandises;
Enfin, s'il faut que je le dise,
Elle joue et rit aux éclats
Avec messire Petit-Chat
Et Petit-Chien, le bon apôtre,
Chacun d'eux plus farceur que l'autre.

Vers la fin de l'après-midi,
La blanche madame lui dit :
« Il faut retourner chez ton père.
Dis-moi bien ce que tu préfères :
Un carrosse d'or et d'argent
Pour t'emporter à travers champs
Comme une fée allant aux noces,
Ou le plus lourd de mes carrosses,
Barbouillé de suie et de poix,
Et noir comme la nuit au bois?
— Je veux le noir, dit la petite :
Il ira toujours assez vite;
Et que diraient les pauvres gens
D'un carrosse d'or et d'argent?
— Eh bien! justement, dit la dame,
Je te fais don, petite femme,
Du carrosse d'argent et d'or;
On te gardera ce trésor

Jusqu'à ce que tu sois en âge
D'entrer — pourquoi pas? — en ménage. »

Ensuite elle embrassa Mi-Sœur
En la serrant contre son cœur;
La voiture fut attelée,
Et la pauvrette, consolée,
Partit, au coucher du soleil,
Dans son beau carrosse vermeil.

Quand la marâtre vit la chose,
Son teint n'en devint pas plus rose;
Et, quand Mi-Sœur eut raconté
La surprenante vérité,
Le poison de l'envie amère
Gonfla son cœur de belle-mère.
Elle dit à sa fille : « Tiens,
Voilà Mi-Sœur qui nous revient
Dans un merveilleux équipage.
Cela va faire un beau tapage.
Écoute, Annette : sais-tu quoi?
Seras-tu moins heureuse, toi?
Nous verrons bien. »

Puis elle jette
Le fuseau de sa chère Annette
Au fond du puits : « Hop! saute à l'eau!
Va-t'en rejoindre ton fuseau! »

Annette enjambe la margelle.
« Allons, saute! saute, ma belle! »

La fillette saute, et soudain
La voilà dans le beau jardin
Tout plein d'œillets, de lis, de roses,
De fleurs à l'instant même écloses.
Ah! mes enfants, quelle splendeur!
Mais elle prit un air boudeur.
Ayant trouvé sur son passage
Notre poirier, ce bon vieux sage,
Elle se planta devant lui :
« Allons, toi, donne-moi des fruits! »
Le vieux poirier, comme l'on pense,
Ne lui donna pour récompense
Qu'un long murmure de dédain.

Un peu plus loin, dans le jardin,
Elle vit un prunier splendide :
« Voyons, toi, si tu te décides;
Vite, remplis mon tablier! »
Qui n'en fit rien? C'est le prunier,
Et les autres arbres de même.
La rageuse en fut toute blême.

Elle arrive au grand château d'or.
« Eh bien, quoi! tout le monde dort?
Je ne vois personne, » dit-elle.

La dame si bonne et si belle
Répond d'en haut, en se coiffant :
« Que désires-tu, mon enfant?
Dis-moi ce qui pourrait te plaire? »
L'autre réplique avec colère :
« Un bon repas, pour commencer. »
La dame, alors, sans se presser :
« Veux-tu manger, petite femme,
Avec monsieur, avec madame?
Mangerais-tu tout aussi bien
Avec le chat, avec le chien?
— Est-il besoin que je réponde?
S'écrie Annette furibonde;
Avec la dame et le monsieur,
Et que ce soit délicieux! »

Mais Annette fut bien punie;
Car elle n'eut pour compagnie
Que Petit-Chat et Petit-Chien.
Aucun des deux ne lui dit rien.

Après une maigre dînette,
Il fallut bien partir... « Annette,
Veux-tu le carrosse d'argent,
D'argent et d'or, clair et changeant?
Ou bien celui des jours de pluie,
Noir et tout barbouillé de suie?
— Belle demande, en vérité!

Dit l'enfant d'un air dépité.
C'est le plus beau que je désire. »

La dame, alors, se mit à rire :
« J'aurai le regret de te voir
Dans le vilain carrosse noir.
Sois plus modeste. Adieu, petite ! »

Qui s'en alla bien déconfite?
Vous le savez ; et quel accueil
On fit à son carrosse en deuil,
La moins maligne le soupçonne ;
Je n'apprendrais rien à personne
En le disant.

Quant à Mi-Sœur,
Malgré son brave petit cœur
Elle eut à souffrir bien des peines ;
Ce qu'elle fit sans plaintes vaines.
Quand la jeune fille eut vingt ans,
Ce fut la rose de printemps
Qu'un doux soleil mêlé de pluie
A lentement épanouie.

Peut-être vous figurez-vous
Qu'un beau prince fut son époux?
Vous vous trompez, mesdemoiselles ;
Car Mi-Sœur n'était point de celles

Qu'éblouit un éclat trompeur;
Trop de gloire lui faisait peur.
Son prince aimé, nous dit l'histoire,
Six jours sur sept eut les mains noires :
Ce fut un forgeron vaillant,
Qui la nourrit en travaillant.

Elle eut pour dot, il faut le dire,
Outre son gracieux sourire,
Le carrosse d'or et d'argent;
Mais ce fut pour les pauvres gens.

LES DEMANDES

LES DEMANDES

Dame! ils n'étaient pas très heureux,
Ces pauvres gens : le ventre creux,
Ni pain ni sel, ni sou ni maille,
Ni feu ni flambe, et la marmaille
Grouillant par toute la maison...
Aux champs c'est la morte saison;
Rien à glaner; et Mathurine,
Un gros soupir dans la poitrine,
Dit à son homme : « Ah! Mathurin,
Que ferons-nous? — Je n'en sais rien,
Femme, dit-il; mais, tout de même,
J'en ai trop, moi, de ce carême.
Je m'en vais aller au hasard :
J'arriverai bien quelque part...
Peut-être ailleurs; en cas d'aubaine,
J'accours pour vous tirer de peine.
Si je ne trouve rien, ma foi,
Je deviendrai je ne sais quoi. »

Et Mathurin se mit en route,
Cherchant des yeux une humble croûte
Qu'il disputerait aux oiseaux.
Il cheminait le long des eaux :
« Si je veux, dit-il, faire un somme,
Voilà mon lit. »

Soudain, un homme,
Une espèce de pèlerin,
Se dressa devant Mathurin.
C'était le bon Dieu, dit l'histoire.
Si vous refusez de le croire,
Tant pis pour vous.

Et le bon Dieu,
Pas fier, lui dit : « Causons un peu.
Où diable vas-tu solitaire,
Gai comme un mort qu'on porte en terre?
— Monsieur, nous crevons tous la faim,
Et je m'en vas cherchant du pain.
— Mais, reprit l'inconnu, mon brave,
Tu ne trouverais pas une rave
Dans ces pauvres champs désolés.
— Alors, qu'est-ce que vous voulez?
Il faudra bien que je me noie.
Je m'y déciderai sans joie.
— Voyons, voyons, dit l'étranger,
La chose pourrait s'arranger :

Je suis le bon Dieu. — Pas possible?
Celui qui parle dans la Bible?
— Oui, celui-là. — Mazette! — Eh bien,
Chez toi tu trouveras du pain,
De beau pain blanc, tout plein la huche.
Avec l'eau pure de ta cruche
Et ce pain toujours abondant,
Peut-être vivras-tu content.
Allons, quitte cet air minable,
Et tâche d'être raisonnable. »

Mathurin rentre à la maison :
Le pain s'y trouvait à foison;
Et, tout le long de la semaine,
Nos gens eurent la bouche pleine.

Or, Mathurine, d'un air fin,
Dit à son homme : « On a du pain;
Évidemment c'est quelque chose ;
Mais l'eau claire dont on l'arrose
Est un peu froide pour l'hiver.
Puisque le bon Dieu n'est pas fier
Et vit dans notre voisinage,
Demande-lui pour le ménage...
— Quoi, Mathurine? — Un peu de vin.
— C'est une idée. — Ah! Mathurin,
Après tous ces temps de misère,
Il faut bien ça pour nous refaire.

Dis au bon Dieu notre désir...
Rouge ou blanc : laisse-le choisir.
— Bien sûr, ma femme ! »

Il part et trotte.
« Eh! la gaillarde n'est point sotte,
Se dit-il en doublant le pas.
Le bon Dieu, certes, n'ira pas
Refuser le vin de sa vigne...
Tiens, le voilà qui me fait signe.
Bonjour, monsieur! — Bonjour, bonjour.
Tu fais encore un petit tour?
— Mon cher bon Dieu, comme le riche
On a, chaque matin, sa miche;
Et ce que nous avons mangé!...
Tous, on vous est fort obligé.
Mais, sans vouloir être pompette,
On ferait bien une trempette
Dans un peu de vin rouge... ou blanc! »
Le bon Dieu dit en souriant :
« Le vin est déjà dans ta cave.
— Vrai, notre maître? — Oui; va, mon brave,
Et modère-toi, si tu peux.
— Merci, la crème des bons Dieux! »

La ménagère eut belle mine
Au seuil de la pauvre chaumine :
« Il est là, ton vin, il est là! »

Largement on se régala.
La futaille était toujours pleine;
Et, tout le long de la semaine,
Ce fut des rires et des chants.
Quelles rasades, bonnes gens!

Un soir, rouge comme une pomme,
Mathurine dit à son homme :
« Toujours du pain, toujours du vin,
Moi, ça me fatigue, à la fin.
Quand on veut avoir, on demande.
Te refuserait-il la viande,
Si tu la lui demandais, hein?
Va voir le bon Dieu, Mathurin.
— Ma foi, c'est encore une idée.
La viande sera demandée,
Donnée aussi, peut-être bien,
Pas plus tard que demain matin. »

A la pique du jour, notre homme
Prend un chemin qui mène... à Rome,
Puisqu'ils y mènent tous, dit-on.
Appuyé sur un gros bâton,
Le bon Dieu, tout à coup, se montre.
Mathurin court à sa rencontre :
« Ah! notre maître, tout va bien;
Sûr, on ne manque plus de rien,
Et ma femme vous remercie

De vos bontés... Par fantaisie,
On aimerait bien à manger
Un peu de viande, pour changer...
— Vous en aurez, cuite à la broche, »
Dit le bon Dieu, sans un reproche;
Et, brusquement, il disparut.

Vite, au logis l'autre courut :
C'était bien vrai. Quelle bombance!
Les sept enfants menaient la danse
Devant un beau feu large et clair,
Et déjà s'exhalait dans l'air
Un parfum de viande rôtie.
Pour qu'ils fussent de la partie
On alla querir les voisins;
On invita force cousins,
Surpris et ravis de l'aubaine;
Et, tout le long de la semaine,
Ce fut un carnaval joyeux
Que l'on arrosa pour le mieux.

Toute joie, à la fin, s'apaise.
« Oui, nous sommes presque à notre aise,
Dit Mathurine à Mathurin...
Sais-tu ce qui m'ennuie un brin?
Je ne tiens pas à la toilette;
Mais vivre sans faire une emplette,
N'avoir pas même un sou vaillant,

Écoute, c'est humiliant.
Il suffisait de trois paroles
Pour avoir un sac de pistoles
Qui ne se fût jamais vidé.
Ah! que ne l'as-tu demandé!
Voilà qui ferait notre affaire...
Les écus ne lui coûtent guère,
A ton brave homme de bon Dieu.
Au lieu de te rôtir au feu,
Rouge et bavant de gourmandise,
Va, puisqu'il faut qu'on te le dise,
Va lui parler! — Soit : on y va, »
Dit Mathurin, qui se leva
D'un air paisible et débonnaire.

Il reprit sa route ordinaire
Et vit bientôt le voyageur,
Qui, s'arrêtant d'un air songeur,
Bourrait sa pipe de bruyère,
Un cadeau de l'ami saint Pierre.
Le bon Dieu l'aperçut aussi :
« Tiens, tu flânes donc par ici?
— Mais oui, monsieur. Froide journée!...
— Et comment va ta maisonnée?
— On est heureux pour le moment.
Dame, nous vivons bravement,
Et notre marmaille dévore...
Si, toutefois... — Bon! qu'est-ce encore?

— C'est l'argent qui ferait défaut...
On voudrait un vêtement chaud,
Linge de corps, sabots, casquette ;
Notre femme n'est point coquette,
Mais un ruban peut la tenter...
— C'est bien, je vais te contenter,
Dit le bon Dieu. Du moins, j'espère
Que ceci va te satisfaire :
Tu trouveras chez toi pain, vin,
Viande, et sac d'écus toujours plein.
Tu t'en contenteras peut-être.
— Ah! cette fois, notre doux maître... »
Et Mathurin parla, parla;
Mais le bon Dieu n'était plus là.

Dès lors nos gens furent des riches.
Au surplus, ils n'étaient point chiches;
Ils consentaient, même, à prêter.
Ils n'avaient rien à souhaiter;
Mais la parenté tout entière,
Serrée autour de leur soupière,
Leur répétait en gémissant :
« Le bon Dieu, donc, est tout-puissant,
Et nous voyons bien qu'il vous aide;
On est heureux, quand on possède...
Nous vivons, nous, dans le souci :
Ah! demandez pour nous aussi! »

Mathurine dit à son homme :

« Tiens, tout ce monde-là m'assomme.
Ils n'ont pas fini de pleurer,
Va. Si tu veux m'en délivrer,
Demande pour eux quelque chose...
Ou plutôt, non : car je suppose
Que, si l'on donnait à ceux-ci,
Il en viendrait d'autres... Merci!
Tu ne peux pas, tous les quarts d'heure,
Si l'un gémit, si l'autre pleure,
Ennuyer le cher homme... — Eh bien?
— Pour en finir, j'ai le moyen.
Puisqu'on a bien fait connaissance,
Demande au bon Dieu sa puissance :
Il te la donnera. — Crois-tu?
— Voyons, ne fais pas le têtu :
Il te la prêtera, mon homme.
Donner, prêter, bah! c'est tout comme.
Suffit que nous l'ayons à nous
Pour faire les quatre cents coups! »

Mathurin part la tête basse.
« Je crains, dit-il, qu'il ne se lasse. »
Mais tout à coup, sur le chemin,
Qui lui fait signe de la main?
C'est le bon Dieu. L'autre s'arrête,
Hésite, et se gratte la tête.
« Eh! qu'as-tu donc? Ça ne va pas? »
Mathurin fait encore un pas :

« Mai si, monsieur. Pourriez croire...
— Allons, conte-moi ton histoire.
— Voilà : c'est que, dame... ou plutôt...
Si ça ne vous privait pas trop
De nous prêter votre puissance,
On a de la reconnaissance,
Et, pour sûr, on vous la rendrait.
Vous n'en auriez point de regret.
Si donc vous faisiez une absence,
A votre retour... — Ma puissance?
Bien : tu la trouveras chez toi.
— Ah! doux bon Dieu, j'en ai l'emploi!
Vous êtes vraiment bien honnête.
Est-ce entendu? — C'est chose faite. »

Mathurin s'éloigne léger,
Et le bon Dieu reste à songer :
« C'est dommage pour la marmaille...
Mais voici le temps des semailles :
Pour qu'il ne crève plus la faim,
On lui fera gagner son pain. »

« Hélas! hélas! c'est la ruine!
Cria la pauvre Mathurine,
Dès que son homme fut rentré.
Tu l'as sans doute exaspéré :
Il faut toujours que tu demandes!
Tout est parti, pain, vin et viande;

Pas un écu n'est demeuré... »

Le bon Dieu s'était bien juré
Qu'il les ôterait de la peine;
Mais, grâce à la sottise humaine,
Ils restèrent de pauvres gens.

Ne soyons pas trop exigeants.

LA FILLE RESSUSCITÉE

LA FILLE RESSUSCITÉE

Saluons la rose de France,
La fille du vieux roi Louis!
Son sourire est doux comme l'espérance;
Tous les cœurs en sont réjouis.

Elle s'approche de son père
Et, tremblante, lui dit bonjour.
Elle veut parler et n'ose; elle espère
Et désespère tour à tour.

Quel est le secret qui l'oppresse?
Elle aime un jeune cavalier,
Beau, loyal et fier, riche de tendresse,
Mais qui n'a pas un seul denier.

Dieu! que le cœur lui bat! Sa joue,
Plus rose que la fleur de mai,
Tout à coup devient très pâle : elle avoue,
Elle nomme son bien-aimé...

« Je l'aime, dit-elle, je l'aime
Plus que tous ceux de la maison.
Oui, plus que mon frère et mes sœurs, et même
Plus que la petite Alison.

« Mon âme ne m'est pas si chère.
Je l'aime (épargnez votre enfant!)
Plus que le portrait de ma pauvre mère
Et plus que vous, que j'aime tant... »

Le roi lui dit, blanc de colère :
« Ma fille, il faut changer d'amour;
Ou, par le soleil de Dieu qui m'éclaire!
Je vous enferme dans ma tour.

— On change bien de collerette,
Dit-elle, mais d'amour, non pas.
Il ne s'agit point de folle amourette
Qui passe comme le lilas!

— Ah! dit le vieillard, on me raille?
Empoignez-la, mes estafiers!
Va meurtrir ton front contre la muraille,
Pour apprendre à me défier! »

Sept ans entiers, dans la tour noire
Elle a langui, pleuré, gémi.
Pain dur à manger, eau croupie à boire,
Et toujours loin de son ami...

A la fin des sept ans, son père
Entre et dit : « Comment allez-vous?
— Mal, mon père, mal, dit la prisonnière,
Et mourir me serait plus doux.

« Ah! comment suis-je encor vivante?
J'ai les pieds brisés par les fers.
Parfois je deviens folle d'épouvante :
Sur moi je sens glisser les vers. »

Le roi Louis, hochant la tête :
« Ma fille, il faut changer d'amour.
Vous mettrez, dit-il, le royaume en fête,
Et vous sortirez de ma tour!

— Ah! dit la belle aux yeux si tendres,
Mon corps va rester enfermé.
Ce que j'ai donné, puis-je le reprendre?
Mon âme est à mon bien-aimé! »

Le roi s'en va. « Soit : qu'elle meure!
Moi, dit-il, je veux l'oublier. »
Mais un homme est là qui veille à toute heure :
Il attendrit le dur geôlier.

« Geôlier, dit-il, prends cette lettre :
Donne-la-lui, par charité ! »
Le geôlier consent à la lui remettre;
C'est par un clair matin d'été.

Jusqu'à l'étroite meurtrière
Elle a rampé : la voyez-vous,
Pareille aux nonnains faisant leur prière,
La voyez-vous lire à genoux?

La lettre dit : « Faites la morte,
Et tous vos maux seront finis.
Faites qu'on vous pleure et qu'on vous emporte
Vers les caveaux de Saint-Denis. »

Soudain la voilà qui se pâme;
Blême, elle tombe sur le sol.
Venez, venez vite! Elle a rendu l'âme;
L'oiselet, Sire, a pris son vol!

Le vieillard accourt tout en larmes :
Il sent qu'il fut son meurtrier.
Dames et barons, prêtres et gens d'armes,
Tous, les entendez-vous crier?

Le vieillard sanglote et l'appelle :
Elle est muette pour jamais.
« Enterrez, dit-il, enterrez la belle;
Je l'ai tuée, — et je l'aimais! »

Trois mille enfants, portant des cierges,
Escortent ses restes bénis.
En jetant des fleurs, trois milliers de vierges
L'accompagnent à Saint-Denis.

Les prêtres vont chantant leurs psaumes,
Et le père suit en pleurant.
Il donnerait bien quinze ou vingt royaumes
Pour ressusciter son enfant!

Tout à coup, devant le cortège,
Un homme crie : « Écoutez-moi!
Celle qui gît là, plus froide que neige,
Hélas! m'avait donné sa foi.

« Elle fut belle autant que sage,
Plus douce que la fleur de mai.
Sire, laissez-moi revoir le visage
De celle qui m'a tant aimé! »

Vite, il s'approche de la morte,
Avec des ciseaux d'argent fin.
Nul ne bouge, tant la stupeur est forte :
Il a coupé le drap de lin...

Et la jeune fille se lève,
Plus radieuse qu'un esprit;
A son bien-aimé, comme dans un rêve,
Pâle et charmante, elle sourit.

Puis elle redevient vermeille
Comme la rose du pommier.
Aussitôt chacun de crier merveille,
Et son père tout le premier.

« Tu n'auras de moi nul reproche,
Dit-il au jeune cavalier,
Pourvu que sur l'heure on sonne mes cloches
Par centaines et par milliers !

« C'est pour les noces de ma fille :
Saute à cheval, cours à Paris !
Pour elle et pour toi le clair soleil brille ;
Pour vous les chemins sont fleuris.

« Puisque tu l'as ressuscitée,
Puisqu'elle pleure entre mes bras,
Elle que son père avait rejetée,
C'est toi, fils, qui l'épouseras! »

Un jeune abbé se met à rire :
« On est venu pour l'enterrer,
Mais, vous l'avez dit : marions-la, Sire !
Il vaut mieux rire que pleurer. »

Sonnez, rouges comme pivoines,
Sonneurs de cors et de hautbois !
Le bal nous attend : gardez, bons chanoines,
Les psaumes pour une autre fois.

Fillette qui veut une chose,
Chapeau de fleurs, ruban, miroir,
Ni sourcils froncés ni sermon morose
Ne l'empêcheront de l'avoir.

Fillette qui vous dira : « J'aime, »
Ah! vous pourrez bien l'enfermer!
Cachots et tourments, la mort elle-même,
Rien ne l'empêchera d'aimer!

HISTOIRE DU BONHOMME MISÈRE

HISTOIRE DU BONHOMME MISÈRE

Le forgeron d'un tout petit village,
Veuf, sans enfants, seul, triste, usé par l'âge,
Avait grand'peine à joindre les deux bouts.
D'ailleurs sans fiel, bon, serviable et doux,
Il accueillait les malheureux en frères.
On l'appelait le bonhomme Misère.

Contre l'hiver, la neige, le grand vent,
La forge, éteinte et froide bien souvent,
Était l'unique abri du pauvre diable.
Pour lit, le sol; et jamais d'autre table
Que ses genoux pointus, quand, vers le soir,
Il dévorait sa crêpe de blé noir.
Si le travail manquait au solitaire,
Il observait un jeûne plus austère.

Il possédait pourtant deux chers trésors,
Qu'il n'aurait pas échangés pour de l'or :

Un cerisier dont les fruits et l'ombrage
Plus d'une fois avaient rendu courage
Au voyageur poudreux, à l'indigent
Toujours en route; et puis un plat d'argent,
Qui rayonnait, fier, entre deux mitaines,
En souvenir de ses noces lointaines.

Misère, un jour, méditait tristement.
Le cerisier, sans doute, était charmant
Dans la fraîcheur de sa parure blanche;
On entendait les cloches du dimanche;
L'azur du ciel était pur et léger;
Mais notre ami n'avait rien à manger.
Point de travail depuis une semaine;
Et, ce qui lui faisait le plus de peine,
C'est que, malgré son rouge feu d'enfer,
Il n'avait plus un seul morceau de fer,
Pas même, hélas! de quoi ferrer un âne...

« Je veux, dit-il, que le bon Dieu me damne,
Si ce n'est pas enrageant, à la fin!
Faudra-t-il donc que je meure de faim?
Il vaudrait mieux me pendre à cette branche
Ou me noyer... J'ai fêté mon dimanche
En allumant le reste du charbon;
Un beau feu clair, quand on est seul, c'est bon;
Mais il est temps que j'aille au cimetière
Pour y dormir près de... — Bonjour, Misère, »

Lui dit, avec un sourire gouailleur,
Une personne osseuse à faire peur,
Aux vêtements flottants comme des ombres,
Et dont les yeux semblaient deux grands trous sombres.

S'étant tourné vers elle brusquement,
Le forgeron eut un tressaillement.

« Bonjour, dit-il... et sois... la bienvenue.
— Tu me connais? — Je t'ai bien reconnue,
Sans t'avoir vue encore d'aussi près.
Allons : s'il faut te suivre, je suis prêt.
— Non, dit la Mort; je viens pour un chanoine
Au teint fleuri, frais comme une pivoine.
Ah! celui-là ne renoncera pas
Sans un soupir à ses quatre repas!
Tant pis pour lui : je ne fais jamais grâce :
Il faudra bien que le saint homme y passe
Comme les gueux de ton espèce. Adieu :
Je suis venue admirer ton grand feu;
Mais, pour l'instant, il faut que je te laisse.
A mon retour, vieillard, pas de faiblesse :
Quand il le faut, n'est-ce pas? il le faut.
Je t'avertis que ce sera bientôt.
— Veux-tu me faire un plaisir? dit notre homme.
— Parle toujours. — Avant le dernier somme,
J'aimerais bien voir encore une fois
Mes bigarreaux mûrir : viens dans trois mois?

— C'est entendu, » lui dit-elle.

Misère
Avait de quoi bourrer sa pipe en terre;
C'est ce qu'il fit avec le plus grand soin.
La Mort va vite; elle était déjà loin;
Et le vieillard, en soufflant la fumée,
Trouva peut-être à sa pipette aimée
Une saveur nouvelle, ce jour-là.

« La Mort viendra, dit-il; attendons-la :
Pourquoi courir follement après elle?
Je le sais bien, que la faim est cruelle;
Mais quoi! demain l'ouvrage peut venir.
Puisque tout ça, quand même, doit finir,
Le désespoir est chose des plus vaines.
Un seul plaisir efface bien des peines. »

Soudain il vit venir, clopin-clopant,
Un voyageur et sa bête, grimpant
L'un près de l'autre une côte assez raide.
Il se levait pour aller à leur aide,
Quand l'inconnu, s'avançant à grands pas,
Le rejoignit : « Ne vous dérangez pas,
Père, » dit-il. A juger sur la mine,
Il arrivait d'un pays de famine;
Son attirail ne valait guère mieux
Que les haillons de notre pauvre vieux.

« Je vais bien loin, dit-il, Dieu me bénisse!
Et vous pourriez me rendre un grand service
En remettant un fer à mon cheval.
— Diable! fit l'autre; ami, vous tombez mal.
Oh! ce n'est point faute de complaisance;
Mais le fer manque, ici. » Puis, en silence,
Il regarda les murs de l'atelier.
« Et ça, dit-il, que j'allais oublier! »
Alors, avec un triste et doux sourire,
Il prit le plat d'argent et, sans rien dire,
Le cœur bien gros et soupirant un peu,
Il le baisa, puis l'approcha du feu.

Le forgeron était robuste encore :
Il martela sur l'enclume sonore
Le clair métal par la flamme assoupli,
Changea sa forme, en fit un fer joli,
S'agenouilla, prit le pied de la bête
Et le ferra comme, pour une fête,
Il eût chaussé le fringant palefroi
D'un empereur ou, tout au moins, d'un roi.

Le voyageur s'étonne et balbutie :
« Ah! c'est trop beau... c'est... Je vous remercie.
J'aurais voulu... Qu'est-ce que je vous dois?
— Rien. Vous semblez aussi pauvre que moi :

Je ne veux pas alléger votre bourse,
Ditle vieillard. Achevez votre course.
Si, quelque jour, vous repassez ici
Tout cousu d'or, nous verrons. — Grand merci;
Mais je voudrais, bien que très pauvre hère,
Vous faire un don. — Lequel? reprit Misère.
— Celui que vous voudrez. — Vous êtes fou?
— Non; souhaitez, vieillard, décidez-vous,
Et vous verrez si je tiens ma parole. »

A ce moment, ainsi qu'une auréole,
Les blancs rameaux du cerisier fleuri
Environnaient son visage amaigri,
Qui rayonna de tendresse et de joie.

« Au nom, dit-il, de Celui qui m'envoie,
J'exaucerai ton souhait, forgeron!
Je suis Éloi, ton bienheureux patron.
— Ah! dit le vieux, vous m'excusez, j'espère...
Je le crois bien, que vous pouvez tout faire!
Si c'est ainsi, grand saint... — Je te le dis :
Tu peux choisir même le paradis.
— Le paradis? Ce n'est pas peu de chose;
Pour bien des gens, dit-on, la porte est close;
Mais, après tout, j'ai le temps d'y penser.
Voyons un peu... Pourriez-vous m'exaucer,
Si... Non, pas ça! — Fais ton choix : le jour baisse,
Et du vallon monte une brume épaisse;

Je dois partir en hâte. — Eh bien, alors,
Ce que je veux... Attendez!... Non, j'ai tort... »

Le voyageur saute en selle.

« Bonhomme,
N'est-ce donc pas Misère qu'on te nomme?
Ce qu'il te faut, je te l'accorderai :
Souhaite enfin une chose à ton gré.
— Voici, grand saint : c'est, je crois, raisonnable...
— Parle. — Quiconque, homme ou femme, ange ou diable,
Aura grimpé dans mon arbre, jamais
N'en descendra, si je ne le permets.
— Drôle de choix! C'est ça que tu préfères?
— Oui. — Je veux bien, alors. Adieu, Misère! »

Le cavalier donna de l'éperon;
Et, resté seul, le pauvre forgeron
Dit tendrement à sa pipe : « Ma bonne,
Tu peux compter, maintenant, que personne
Ne viendra plus te séparer de moi. »

Lorsque la Mort revint, après trois mois,
Misère avait encore bon courage,
Ayant, de deux jours l'un, assez d'ouvrage
Pour espérer qu'il mangerait le soir.

« Salut! dit-il. Tu reviens donc me voir?

— Je tiens toujours mes promesses, Misère.
— Laisse-moi mettre en ordre mes affaires.
Y consens-tu? Ça ne sera pas long.
— Soit. — Un instant, ma belle, et nous filons! »

« Ah! dit la Mort, les cerises sont mûres.
Le poids des fruits fait plier les ramures,
Et tout cela va se perdre. — Demain,
Reprit le vieux, loriots et gamins
Les trouveront : juge un peu quelle fête!
Mais, à propos, pendant que je m'apprête,
Ne veux-tu pas goûter mes bigarreaux?
Ils sont aussi savoureux qu'ils sont gros.
L'arbre est fourchu : grimpe, si ça t'amuse.
— Et pourquoi pas? dit la vieille Camuse.
J'aime les fruits, quand ils sont bien à point.
— Va donc, alors, et ne t'en prive point :
Ça rafraîchit, par ces temps de poussière. »

La vieille dame est ingambe et légère :
Elle grimpa dans l'arbre comme un chat,
Cueillit gaiement la cerise, chercha
Les plus beaux fruits, les plus doux, les plus tendres.
Elle pensait : « Ce croquant peut attendre. »
L'ombre était fraîche; et, se trouvant bien là,
Pendant une heure elle se régala.

Mais quand la vieille, enfin repue et lasse,

Voulut descendre en sautant avec grâce,
Elle ne put faire un seul mouvement
Sans ressentir le plus âpre tourment.
Cruels efforts, cris, larmes et menaces
Furent en vain. Riant de ses grimaces,
Misère, en bas, sautait de joie : « Eh bien !
Tu ne viens pas danser avec l'ancien ?
Tu ne veux plus m'emmener, ma poulette ?
Hop ! saute donc, saute donc, vieux squelette !
Eh ! ce n'est pas si haut, que diable ! Allons,
Hop ! As-tu peur d'écorcher tes talons ? »

Bref, le bonhomme ameutant le village,
Dame la Mort pensa mourir de rage.

Elle resta dans l'arbre. Désormais
On oublia de mourir, et la paix
Fut au moment de fleurir sur la terre ;
On ne vit plus s'entr'égorger des frères...

C'était trop beau : cela ne dura pas.
Les rois disaient : « Comment ! plus de combats ?
Aucun ruisseau de sang ? Que va-t-on croire ?
Quelle figure aurai-je dans l'histoire ? »
Les héritiers disaient : « On ne meurt plus !
Nos pères vont jouir de leurs écus,
Dieu sait comment, et cependant la terre
Leur offrirait un repos salutaire...

C'est révoltant, sur ma parole! — Eh quoi!
Disaient entre eux les noirs hommes de loi,
Ni testaments ni conflits entre frères!
Où vont passer, alors, nos honoraires? »
— Hélas! hélas! disaient de saintes gens,
Nul ne peut plus nous léguer son argent
Pour le salut de sa malheureuse âme! »
D'autres disaient : « A quoi servent les flammes?
Nul mécréant ne meurt plus dans le feu,
Comme autrefois, pour la gloire de Dieu! »

Tous ces gens-là vinrent trouver Misère :
« Allons, vieux fou, lâche ta prisonnière,
Crièrent-ils; sinon, malheur à toi! »
Le forgeron répondit sans émoi :
« Point de fracas, messieurs; j'ai cru bien faire,
Mais vous avez, comme on dit, des lumières :
J'obéirai, mes maîtres. Seulement,
Jusqu'au grand jour du dernier jugement,
Moi, meurt-de-faim, pour apaiser ma tripe
Je veux fumer en paix ma vieille pipe.
— Obéis-nous, drôle! — Soit; mais d'abord
Faites jurer à madame la Mort
Que plus jamais je n'aurai sa visite. »

Sur ce point-là tous s'accordèrent vite.
« Oui, qu'il s'épuise et jeûne dans son coin!
Qu'il reste là, rongé par le besoin!

Toujours, toujours, qu'il souffre et se démène,
Car notre joie est faite de sa peine! »

Alors la vieille, ayant fait le serment
De l'épargner, seul, éternellement,
Quitta son arbre et courut vers les hommes.
L'un cria : « Tue! » et l'autre dit : « Assomme! »
On vit au loin flamboyer les bûchers;
Tous les fléaux mortels furent lâchés
Sur notre espèce, et toute créature
Paya le vieux tribut à la nature ;
Mais, tant que l'aube au ciel se lèvera,
Jamais, jamais, Misère ne mourra!

Ainsi contaient autrefois nos ancêtres.
Ont-ils dit vrai? Leur donnerons-nous tort?
Avouons-le : Misère n'est pas mort,
Et, malgré tout, il a toujours des maîtres.

Mais son destin lui semble si cruel
Que maintenant il veut qu'on l'en délivre.
Comme il est vieux! comme il est las de vivre!
Comme il voudrait n'être plus immortel!

Nous qui l'aimons, exauçons sa prière :
Il faut briser le terrible serment;
Il faut coucher le vieillard, tendrement,
Parmi les fleurs de l'humble cimetière.

Qu'il dorme enfin d'un sommeil calme et doux,
Lui qui n'eut pas où reposer sa tête!
Et, ce jour-là, malgré tous les prophètes,
Nous n'aurons plus de pauvres parmi nous.

FIN

TABLE

SOCIÉTÉ ANONYME D'IMPRIMERIE DE VILLEFRANCHE-DE-ROUERGUE
Jules Bardoux, Directeur.

www.ingramcontent.com/pod-product-compliance
Ingram Content Group UK Ltd.
Pitfield, Milton Keynes, MK11 3LW, UK
UKHW021103260726
13994UKWH00002B/680